KB127492

그대 혹시 꽃으로 피었나요

그대 혹시 꽃으로 피었나요

펴낸날 초판 1쇄 2023년 8월 8일

지은이 박미자
펴낸이 서용순
펴낸곳 이지출판

출판등록 1997년 9월 10일
등록번호 제300-2005-156호
주소 03131 서울시 종로구 율곡로6길 36 월드오피스텔 903호
대표전화 02-743-7661 팩스 02-743-7621
이메일 easy7661@naver.com
인쇄 ICAN
물류 (주)비앤북스

값 15,000원

ISBN 979-11-5555-204-9 03810

글샘 박미자 시집

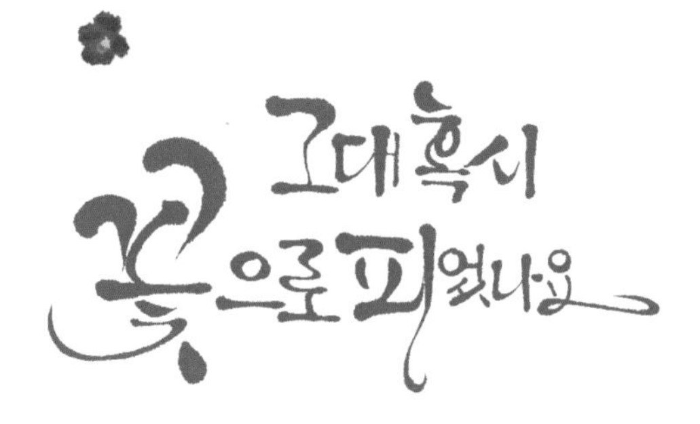

이지출판

추천의 글

'시를 참 잘 쓴다!'
박미자 시인의 시를 읽으면서 이 생각이 들었다.

박미자 시인과는 시 쓰기에 앞서 캘리그라피 작가로 먼저 만났다. 짧은 글귀를 예쁜 글씨로 적는 캘리그라피에는 감성시가 많이 사용된다. 그런 면에서 윤보영의 짧은 감성시는 캘리그라피 소재로 많이 활용되고 있다. 그 과정에서 박미자 시인을 만났고, 시를 배워 자신의 시로 캘리그라피 전시회를 갖고 싶다는 말에 "그럼 감성시를 배워 보세요!" 하고 권한 것이 감성시 쓰기 시작이었다.

박미자 시인은 '윤보영 시인 감성시 쓰기 공식 10'강의 녹음을 여러 번 들었을 뿐만 아니라 감성시 쓰기 교실에서 제시한 시어로 참 열심히 글을 적었다. 그 배움의 결실이 시집으로 탄생되었다.

시집에는 참 다양한 소재들이 등장한다. 이 소재는 대부분 시인의 일상에서 담았다. 담는 과정에 어린 시절로 돌아가거나 잠시 부모님을 만나기도 했지만, 대부분 작가로서 행복한 지금의 자신으로 돌아와 마무리했다.

행복을 주는 시는 그렇다. 자기 행복을 시로 쓰고, 그 시를 읽는 독자가 시인처럼 행복을 느낄 수 있으면 된다. 벌써 시인의 내면에 담긴 무궁무진한 시상이 앞으로 어떻게 전개될지 궁금하다.

다시 한번 시집 출간을 축하드리며 앞으로 캘리그라피 작가로서, 또 사람들이 좋아하는 감성시인으로 활동할 수 있게 도와드릴 것을 약속드린다.

커피시인 윤 보 영

작가의 말

유명 시인들의 시를 예쁜 노트에 적고 그림 그리는 걸 좋아하던 나는 시인이나 화가가 되는 꿈을 꾼 적이 있다. 그런데 고등학교 생활기록부 장래희망란에 3년 내내 '교사'라고 적혀 있는 걸 보면 부모님의 희망은 교사였던 것 같다.

학교 선생님은 못 되었으나 교육학과를 졸업하고 20여 년 동안 많은 학교와 기관에서 공예 강사, 예쁜글씨 강사, 캘리그라피 강사로 활동하며 어린 학생들부터 여든이 넘은 분들에게까지 '선생님' 소리를 듣고 있으니 교사의 꿈은 어느 정도 이루었다.

캘리그라피 강사를 하면서 자연스럽게 많은 시인들의 시를 읽고 그 시로 글씨를 쓰고 그림도 그려 작품을 만들었다. 그러면서 '나도 시를 쓸 수 있을까?'라는 마음을 갖게 되었는데, 윤보영 시인님이 시를 배워 자작시로 글씨를 쓰면 더 좋을 것 같다는 말씀을 해 주셔서 '윤보영 감성시 쓰기 공식 10'을 배우며 시를 쓰기 시작했다. 그러다 한국강사교육진흥원에서 주최하는 감성시 공모전에서 「날씨」라는 시로 은상을 받고, 또 『문학고을』에서 신인문학상을 받아 시인으로 등단했으니 어렸을 적 꾸었던 시인의 꿈도 이루게 되었다.

"미래는 꿈의 아름다움을 믿는 사람들에게 주어진다"는 엘리너 루스벨트의 명언이 생각난다. 앞으로 내 시를 읽는 사람들에게 잔잔한 감동과 마음의 위로를 선물하는 시인이 되는 꿈을 꾼다.

끝으로 격려해 주시고 이끌어 주신 윤보영 시인님, 늘 응원해 주는 가족과 지인들에게 감사한 마음을 전한다.

2023년 여름
글샘 박미자

『문학고을』 신인문학상 수상작

등대

칠흑같이 어두운 밤
내 안에 불을 밝힙니다

길을 잃고
방황하는 그대가
이 빛을 보고
환한 얼굴로 찾아올 수 있도록
간절한 마음 담아
빛을 냅니다

가슴에서
빛이 보입니다
희망이 보입니다
알고 보니
그대는
내 가슴에 있었습니다.

산

내 어릴 적
산은 언제나
그 자리에 있었습니다

아름드리 소나무와
보랏빛 도라지꽃이
흐드러지게 핀 산

가을이면
이름 모를 들꽃 향기가
온 산 가득 머물던 곳

지금은 그대가 산이 되어
나무가 되고
마음이 머무는 쉼터가 되었지만.

심사평

등대를 밝히듯이 자신의 마음을 밝히는 모습을 그려낸 「등대」에서 희망의 의미를 노래하고 있다. 세상이 어둡고 자신의 마음도 어둡다고 생각하며 희망을 켜듯 등대를 밝힌다. 마음의 불을 켜고 빛을 비춘다. 그것이 외적인 빛인 줄 알았으나 알고 보니 자신의 마음속에 너무나 가까이 있었다는 깨달음을 전달하고 있다.

「산」에서는 어릴 적 웅장하던 산의 모습을 통해 산의 의미를 되새기고 있다. 산은 변함없이 움직임 없이 한 자리에서 자신을 지키고 있으며, 온갖 수종(樹種)이 자라는 곳이다. 계절마다 향기롭고 아름답던 산은 이제 '그대'로 치환된다. 그대는 든든하게 기댈 수 있는 나무이며 산이고, 마음이 머무는 쉼터가 된다.

박미자 시인은 삶을 긍정하고 그 속에서 자신을 찾는 안분지족의 시인이라 하겠다. 불만과 부족을 노래하지 않고 자신 안에서 빛을 찾는 마음이 돋보여 등단작에 선정한다. 등단을 축하하며 더욱 정진하여 대성하기를 바란다.

심사위원

김신영, 조현민, 양경숙

차례

제2부 그대를 만나러 가는 길

제3부 내 마음에 뜬 달

제4부 너는 나에게

제5부 미래를 꿈꾸는 시간

제1부
꽃을 좋아하는 엄마

그대 생각 | 찔레꽃 | 봄소식 | 유혹 | 하얀 목련

나무 | 그리움 | 내 마음의 정원 | 진달래꽃

사랑은 1 | 사랑은 2 | 단추 | 참새 | 클로버를 찾으며

낮달 | 벚꽃 | 꽃을 좋아하는 엄마 | 장미와 너 | 들꽃

꽃이 아닌 꽃 | 강 | 그 이름 | 담쟁이 | 토끼처럼

그대 생각

시린 하늘을 바라보며
그림을 그렸어요

그림과 어울리는 꽃을 찾아
꽃밭을 만들었어요

하지만
왠지 허전하네요

아~
맞다!
오늘 그대 생각
꺼내는 걸 잊었네요

꺼낼 때마다
꽃으로 피어
날 미소 짓게 하는 그대.

찔레꽃

아침 숲길
자욱한 안개로
앞서간 그대 모습
보이지 않네요

잠시 후
햇살에 나타난 찔레꽃

그대 혹시
꽃으로 피었나요?

봄소식

겨울잠을 자던 개구리는
울음소리로
봄을 알리고

담장 위 홍매화는
화려한 자태로
봄이 왔음을 전한다

나도
은은한 향기로
봄소식 전할 수 있게

꽃이 되어
그대 가슴에
꽃으로 피었으면 좋겠다.

유혹

노란 별 모양 호박꽃에
꿀벌이 있어요

눈빛이 마주친 순간
들어오라고
유혹하는 것
같네요

들어갔다가
사랑은 아무나 따라가는 게 아니라며
쏘일 수도 있는데
어떻게 하죠?

하얀 목련

길을 가다
높다란 담장 위 꽃을
물끄러미 바라본 적이 있다

눈부시게 하얀
목련꽃!
너를 닮아
발걸음이 멎었다

그때 담긴 목련꽃
봄만 되면
내 가슴에 핀다
그대 얼굴로 핀다.

나무

오랜 세월
바람을 막아 주고
그늘이 되어 주고
쉴 곳을 내어 준 나무는

언젠가 난로 곁에 다가와
제 몸을 태워 가며
따뜻하게 해 주겠지요

나도 그대 마음을 데우는
나무가 되고 싶어요.

그리움

나무가 자라듯
그대 그리움도
내 안에서
날마다 자란다

나무에
새가 깃들어 살 듯
커진 그리움에
그대 생각이 깃들어 산다.

내 마음의 정원

봄입니다
텅 빈 내 마음에
나무를 심고
꽃씨까지 뿌렸어요

나무가 자라
새가 찾아들고
사시사철 꽃이 피면
나비까지 오겠지요

하지만
내 마음속 주인은
그대입니다
그대가 와야지만
진정한 봄이 됩니다.

진달래꽃

등산로에
연분홍 꽃이
예쁘게 피었다

꽃 옆에서
수줍은 소녀가 된다

아니
내가 좋아하는
그대 옆에서
꽃이 된다.

사랑은 1

바람은
머물고 싶어 하는
구름을
서산으로 흘러가게 하고

사랑은
가만히 있고 싶어 하는
내 마음을
그대에게로 흘러가게 한다.

사랑은 2

사랑은 언제나
그 자리에 머물고

그리움은 언제나
내 마음에 머물고

행복은 언제나
그대 가슴에 머물기를

그대가 있어야지
모두
가능할 것 같다.

단추

외출했다 돌아오니
블라우스 단추가
떨어졌다

반짇고리를 꺼내
야무지게 달았다

그대 생각이
단추였다면
떨어지지 않았을 텐데.

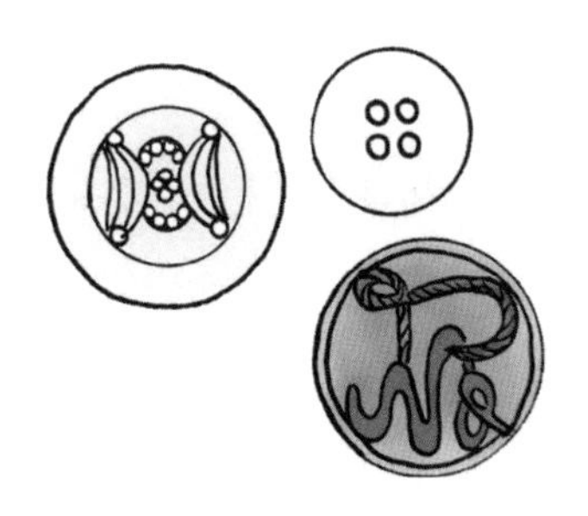

참새

개나리 줄기에
참새들이 줄지어 앉아 있다

꽃망울 터트리기엔
아직 이른데
너희들도 나처럼
개나리꽃 피기를
기다리는구나

그런데
사실은
내 안에는 이미
개나리꽃이 피어 있어

내가 좋아하는 사람
얼굴이 꽃이거든.

클로버를 찾으며

네 잎 클로버를 찾으며
마음속으로 생각한 말
'나에게 행운이 온다면
모두 그대에게
드리겠어요!'

생각만 해도
이렇게 좋은 걸 보면
주는 행운도
행운이네요.

낮달

분명 해가 떠 있는데
달이 보인다

낮과 밤이 만날 수 없듯
해와 달도
만날 수 없는 줄 알았는데
너와 나처럼
마주 보고 있다

이게 사랑이라며
나뭇가지에 걸려
웃고 보는 달.

벚꽃

어제까지
활짝 피었던 벚꽃이
오늘은
꽃눈으로 내리네요

꽃잎이
그대 생각 덮을까 봐
가만가만 걸어가요.

꽃을 좋아하는 엄마

꽃을 좋아하는 엄마에게
지난해 받은 꽃씨를 드렸다

아무 말 없이 화단에 심으시고
며칠 뒤 싹이 났다고
좋아하시는 엄마

꽃이 피면
더 좋아하실 모습에
미리 기분이 좋다

엄마 사랑으로
꽃길 만들고

꽃처럼 화사하게
웃으며 살아가길
두 손 모아 기도한다.

장미와 너

장미는
화려함과 그윽한 향기로
너의 사랑을 받는다

너는
수수함과 따뜻한 배려로
나의 사랑을 받는다

알고 보니
네가 장미다
내 가슴에 핀 장미.

들꽃

산기슭에 자리 잡은
하얀 꽃들

보아주지 않아서
관심을 주지 않아서
서운한 마음이 있을 텐데
어쩌다 만난 나에게
눈웃음을 보낸다

들꽃을 보고 있는데
보고 있는 꽃에 미안하게
미소가 예쁜
네 모습이 자꾸 떠오르지?

꽃이 아닌 꽃

하늘에 별꽃이 피면
하늘이 예쁘고

바다에 소금꽃이 피면
바다가 행복해 보인다잖아요

기쁠 때는
웃음꽃이 피고

그리울 때는
가슴에 사랑꽃이 피고

그래서 결정했어요
그대는 꽃이라고
내 가슴에
나를 위해 피어 있는
'꽃이 맞다'고.

강

조용히 흐르는 강은
버드나무 늘어진
봄 풍경을 담고

여름 강기슭에서
물장구치는
아이들 모습을 담지요

시간이 지나면
단풍잎과 가을하늘을 담고
눈 내리는 겨울
눈까지 담지요

저 강은
봄, 여름, 가을, 겨울
흐르는 것이 아니라
내 가슴에 그리움으로
머물고 있네요.

그 이름

산으로 오르는 길
바위에 새겨진
이름이 있다

오래오래 기억하겠다며
누군가 이름을 새겨놓았다

하지만
세월이 지나며
비바람과 눈보라에 흐릿해졌다

내가 사랑하는 이의 이름은
마음에 새겨야겠다

세월이 흐를수록
더 선명해지게.

담쟁이

봄부터 여름까지
초록 잎으로
돌담을 장식하느라
부지런 떨던 담쟁이

계절이 흐르고
꽃보다 예쁘게 펼친
잎과 잎

잎이 진 자리
숨겨져 있던
까만 열매가
가을 햇살에 매력적이다

담쟁이를 닮은 나
돌담이 되어 준 그대
우린 서로 하늘과 별
담쟁이와 씨앗처럼 산다.

토끼처럼

귀를 쫑긋 세우고
들어라
희망의 목소리를

초롱초롱한 눈으로
보아라
빛나는 미래의 모습을

모둠발로 깡충깡충
뛰어라
찬란한 꿈을 향해

올해는
토끼해!
나부터
그렇게 살아야겠다.

2부
그대를 만나러 가는 길

봄이 오면 | 봄이 오는 소리 | 꽃다지 | 천일홍

연꽃 | 하늘 1 | 하늘 2 | 그대와 나 | 꽃마리

갯버들 | 친구 | 길 1 | 길 2 | 마중물 | 일방통행

당근꽃 | 위로 | 스마일 이모티콘

그대를 만나러 가는 길 | 구절초 | 여행 가방

별꽃 | 물 | 가을꽃들의 이야기

봄이 오면

한겨울에
내 마음 살짝 들추고
꽃씨를 심었어요

봄이 오면
싹을 틔우고
예쁜 꽃도 피겠지요

내 안에 핀 꽃으로
미소 지을 그대를 생각하니
저절로 웃음이 나옵니다.

봄이 오는 소리

쉿! 조용히 들어보세요
이 소리가 들리나요?
졸 졸 졸 흐르는 시냇물이
전해 주는 말
“지금 봄이 오고 있어요!”

머리카락 휘날리며
바람이 전해 주는 말
이 소리 들리나요?
“남쪽에는 홍매화가 피었어요!”

내 마음에는
아직 봄이 멀었는데
하지만
그대를 만난다면
활짝 핀 봄이 될 수 있을 텐데

봄을 기다립니다.
그대를 기다립니다.

꽃다지

풀잎에 맺힌 이슬에
그대 모습이 비친다

말로
표현할 수 없을 만큼
예쁘고 사랑스럽다

내 마음속
꽃 진 자리에 돋아난
가녀린 꽃

그대라 이름 붙여도
좋은 이 예쁜 풀꽃.

천일홍

지난해 텃밭에 핀
연핑크빛 천일홍꽃을 말려
유리병에 담았다

올해도
천일홍 씨앗을 심어야겠지?

씨앗을 심을 때
변하지 않는 마음
사랑도 심어야겠다.

* 천일홍 꽃말 : 매혹, 변하지 않는 사랑

연꽃

밤하늘의 별은
깜깜할 때
더 빛나고

연못의 연꽃은
깊은 진흙 속에서
더 예쁘고

내 안의 그대는
그리움 속에서
생각할수록
더 보고 싶게 하고.

하늘 1

파란 하늘이
웃으며 내게 달려온다
그 하늘
널 닮았다

내 가슴에 담긴
하늘!

하늘 2

한 폭의 수채화처럼
매일 다른 모습으로
채색되는 하늘

어제는 블루
오늘은 퍼플

내일은 어떤 빛깔로
너와 나의 마음을
설레게 할까?

내 안에서
내 그리움 속에서.

그대와 나

솔밭 사이로
흐르는 냇물은
옛 추억을 생각나게 하고

소나무 숲에
흩날리는 눈발은
현재의 시름을 잊게 한다

그대 손 잡고
걷는 나는
희망을 꿈꾼다

눈길 따라 걷다가
소나무 숲을 지나면
그대 만날 카페가 있을 거야

그 생각에
웃으면서
내 안으로 들어선다
그대를 불러낸다.

꽃마리

아주 작은 꽃에
시선이 멈췄다

물망초 닮은 꽃
초록 풀숲을
수놓듯 피었다

작고 여린 너
'나를 잊지 마세요!'

물망초 꽃말처럼
내 안의 너도
언제까지나 잊지 않을게.

갯버들

해마다 이맘때면
그리운 고향 풍경이 떠오른다

아직 갈지 않은 논에는
파릇파릇 풀이 올라오고
동네 냇가에는
갯버들이 움을 틔웠었지

친구와 화음 맞춰 부르던
버들피리 소리는
지금도 내 귓가에 들리는 듯한데

친구야
다들
잘 지내고 있지?

친구

살면서
답답한 문제나
고민 있을 때
의논할 친구가 있다는 건
행복한 일입니다

어떤 이야기도
귀 기울여 주고
늘 내 편이 되어 주는 사람
그가 진정한 친구입니다
내 곁에
그런 친구가 있습니다

가족이란 이름으로
남편이란 이름으로.

길 1

하늘에는
비행기가 날아가는
길이 있고

바다에는
배가 지나다니는
길이 있듯

내 마음속에는
그대 생각이 떠다니는
길이 있다.

길 2

내비게이션이
안내하는 대로 가고 있는데
경로를 이탈했다고 한다

어떡하지?
잠시 후 유턴해서
길을 찾았다

그대 향한 내 마음은
한 길로만 되어 있어
길 잃어버릴 염려가 없어
다행이다.

마중물

양수기에
마중물이 들어가
물을 끌어올리듯

내 마음에
그대 생각이 들어가
그리움을 끌어올립니다

쏟아낸 그대 생각이
강물같이 흐릅니다.

일방통행

나의 그리움은
언제나 한 방향으로
설계되어 있다

내 생각은
언제나 한 길로
가고 있다

나의 사랑은
오직 한 사람을
향하고 있다

나의 일상은
오직 그대 향해
ONE WAY!

당근꽃

초록 당근 잎 사이로 핀
당근꽃

꽃송이 안에 작은 꽃이
올망졸망 달렸다

당근꽃 속에
그리운 얼굴

어린 시절 함께 놀던
친구 모습이 담겼다

당근 뿌리가 자라듯
아련한 기억이 자라고 있다
보고 싶다.

위로

"이 시간이 지나면
괜찮아질 거야!"

이렇게 말하는 건
시간에 대한 희망이
기대를 품게 하기 때문입니다

토닥토닥
오늘 그대에게 하고 싶은 말
이 시간이 지나면
괜찮아질 거예요.

스마일 이모티콘

무관심으로 대해도
너는 항상 해맑게
웃고 있다

오늘 하루도
행복하게
Smile!

내가
나에게 말하고
내가 먼저 웃었다.

그대를 만나러 가는 길

외출복 대신
예쁜 마음의 옷을
차려입었습니다

오늘
내 안의 그대를
불러내려고요.

구절초

산기슭 풀밭에
다소곳이 피어 있는
구절초

너를 보는
내 눈이 커졌다

오랫동안 못 만난 친구
보고 싶은 네가
내 앞에 있다

커진 눈이
얼굴을 덮겠다.

여행 가방

오랫동안
함께해 온 여행 가방

수많은 추억과
이야기를 담고
행복한 기억까지
가득 담고 있다

늘 그 자리에서
묵묵히 함께하고 있는
당신!

함께 여행 떠나고 싶은 마음이
가방으로 놓여 있다.

별꽃

별이라는 글자는
별을 닮았고

꽃이라는 글자는
꽃을 닮았다죠

그런데 별을 닮은
꽃이 있어요

별처럼 무리 지어 피는
작고 귀여운 별꽃

작지만
내 마음에 별처럼 피어난 꽃
너라는 꽃!

물

줏대 없이 흐르는 듯 보여도
바위를 쪼개고 철을 뚫는다
낮은 곳이라면
어디든 갈 수 있는 물

물은 제 모양을 고집하지 않는다
동그란 그릇에 담으면
동그란 모양이 되고
사각 용기에 담으면
사각 모양이 된다

나도 물처럼 살고 싶다
그대의 시간으로 들어가
그대에게 알맞은
모양으로 채워지고 싶다.

가을꽃들의 이야기

코스모스가
하늘에 대고 말합니다
"가을꽃 중에
내가 가장 예뻐!"

구절초가
구름을 보며 이야기합니다.
"난 가을꽃 중에서
가장 순수해!"

빨간 국화가
지나가는 바람에 속삭입니다.
"난 당신을 사랑해요!"

그대에게
고백 듣던 나처럼
바람이 신나서
나뭇가지를 흔듭니다.

참 멋진 가을입니다.

제3부
내 마음에 뜬 달

꽃멍 | 너를 사랑해 | 콩깍지 1 | 콩깍지 2 | 백로

국화차 | 추억 | 가을 풍경 | 가을비

산수화 같은 그대 | 부안 채석강 | 군산 선유도

환선굴 | 단풍잎 | 창밖 풍경 | 내 마음에 뜬 달

그대 생각하는 시간 | 눈 | 기다림 | 눈길 | 상고대

눈 내리는 날 | 메타세쿼이아 숲길 | 바람 냄새

꽃멍

아무 생각 없이
넋 나간 것처럼
멍하게 있는 상태를
'멍때리기'라고 하지요

하지만
내가 해 보니
불멍, 물멍, 산멍보다
더 좋은 건

내 안에 가꾸고 있는
그대라는 꽃을 바라보는
꽃멍입니다.

너를 사랑해

이 세상에서
흔한 단어 중 하나지만

가장 귀하고
소중한 말
"너를 사랑해!"

콩깍지 1

콩깍지가 씌면
보이는 게 없다고 했지요

그래요,
어느 순간부터 나는
그대 모습만 보여요

눈을 떠도 그대 생각
눈을 감아도 그대 생각

정말 콩깍지가
씌었나 봐요

그런데 날 보고
콩 타작할 때가 되었다고 하면
어떻게 하지요?

콩깍지 2

콩깍지가 씌면
보이는 게 없다더니

맞아요, 그대 생각 가득한 나는

꿈속에서도 사랑의 콩깍지
노래만 부르고 있었네요.

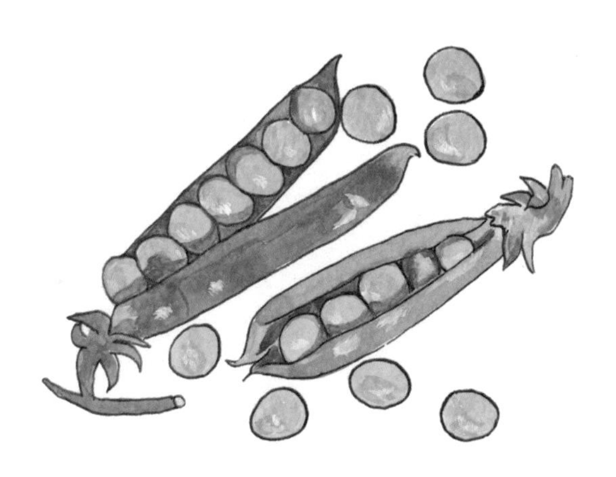

백로

산책길에서
우연히 만난 백로야

나도 너처럼
순백으로 살고 싶다

우아한 몸짓으로
너처럼 날아보고 싶다

백로가 된다
그리움 속으로 날아
그대에게 찾아가는
백로!

국화차

찻잔에 피는
노란 국화꽃 위로
그리움이 담긴다

코끝으로 전해지는
그윽한 향기가
그대 생각을 불러낸다

찬 기운을 데우는 꽃차에
깊어지는 가을

이 멋진 가을에
아름다운 그대를 만난다

내 안에서 눈이 시리도록
아름다운 그대를 만난다.

추억

세월이 흐르고
많은 것이
사라져 가지만
내 마음에 간직된
그대와의 추억은
가을 낙엽처럼
겹겹이 쌓여 있다

그대 생각은
시간이 지날수록
더 깊어져 간다

추억은 그리움이 되고
그대 생각은 기다림이 되고.

가을 풍경

계곡으로 흐르는
맑은 물속에
자갈이 보인다

초록 초록하던 나뭇잎은
노랑, 주황, 빨강으로
옷을 갈아입는다

아름다운 풍경을
그대에게 전해 주고 싶어
내 눈에 담는다

색이 바래지 않도록
내 마음에 저장된다

내 안으로 들어가
단풍처럼 미소 짓는
그대를 만난다

웃음소리 들리는
행복한
오후가 된다.

가을비

창밖에
하염없이 비가 내립니다

이 비 그치면
가을이 더
깊어지겠지요

오늘따라
커피 향기가
더 진하게 느껴지네요

커피잔에
가을이 담겨서일까요
그대 생각이 담겨서일까요.

산수화 같은 그대

이른 아침
창문을 열었다
웨딩드레스 자락 같은 안개가
산허리를 감고 있다

솔밭 사이로 강물이 흐르고
산수화 같은 풍경에
잠시 잊었던
그대 생각이 달려 나온다

내 곁에 다가온 그대가
내 손 잡고
산수화 안으로 들어간다
더 멋진 그림이 된다.

부안 채석강

몇만 권의 책을
쌓아 놓은 듯
겹겹이 쌓인 기암절벽 위에
보랏빛 꽃과
노란 야생화가 피었다
내 가슴에
그대 생각을 쌓아두고
웃는 얼굴을 꽃으로 피우듯
두고두고 기억될
아름다운 채석강.

군산 선유도

맑고 푸른 바닷물과
하얀 파도
명사십리 백사장이
유리알처럼 펼쳐져 있다

근심 걱정
모두 사라지는
마법 같은 풍경
넋을 놓고 바라본다

천천히 섬을 돌며
커피를 마시고
오래도록 기억될
그대와의 추억을 꺼낸다

전라북도 군산에서
다시 오고 싶은 선유도를
가슴에 담는다
그대 생각이 담긴다.

환선굴

올라가는 길이 경사라서
조금 힘들지만

동굴 입구부터
다른 세상으로 연결된 듯 황홀하다

나무가 자라듯
땅 위로 올라오는 고드름
꿈의 궁전, 만물상
참회의 다리, 폭포…

동굴 호수는
조명을 받아
성스러운 느낌이 든다

당신과 함께여서
더 아름다운 추억이 된
선물 같은 환선굴.

단풍잎

눈이 내렸는데도
떨어지지 않고
매달려 있다

아직 전하지 못한
소식이 있는 것처럼
바람에 팔랑댄다

내가 바라보는 순간
마지막 인사처럼
하늘거리다가

내 가슴으로 떨어진다
그대 생각이 담긴다

이 단풍잎
책 속에 곱게 말렸다가

그대 만나면
이처럼 그리웠다고 전해야겠다.

창밖 풍경

지금 내가 보고 있는
창밖 풍경에는
출렁이는 바다와
석양에 물든 하늘이 있어요

바다는
깊은 그리움을 담아 두고도
아무렇지 않은 척하고

곱게 물든 하늘은
그대 모습을 그려 놓고도
안 그런 척
애써 표정까지 숨겨요

하지만 아닌 척해도 알아요
그리움을 품고 있는 바다와 하늘
둘 다 내 안에 있으니
알 수밖에요.

내 마음에 뜬 달

바다에 뜬 달은
밤에 노는 고기들의
친구가 되어 주고

산 위에 뜬 달은
밤길에 핀 들꽃들의
길잡이가 되어요

하지만 내 마음에 뜬 달은
날 찾아온 그대 얼굴 알아보게
내 안을 환하게 비추고 있지요.

그대 생각하는 시간

그대 생각은
시간과 공간을 초월한다

그대 생각하는 시간은
어떤 것도 방해할 수 없다

그대 생각하는 이 시간은
행복이다

사는 이유다.

눈

눈이 내려요
저 멀리 산에도
추수 끝난 논에도
소담스럽게 쌓이는 눈

내 안에도
눈처럼 그리움이
차곡차곡 쌓이고 있어요

눈만 보면
보너스로 얻는
행운이지요.

기다림

기다리는 시간이

고통으로 가득해도

희망인 이유는

기다림의 끝을

알기 때문이지요

잠시 후면

이루어질 꿈!

기다리는 시간은

설렘입니다

기다림 끝에

그대가 있어서입니다.

눈길

눈 내린 이른 아침
아무도 걷지 않은 눈길에다
내 발자국을 남겼다

새로운 땅을 밟는
가슴 벅찬 황홀함에
내 마음속 그대를 불러낸다

도란도란
얘기하며 걷고 싶어서.

상고대

눈과 바람, 차가운 공기
자연이 만들어 준 선물

나무마다 얼음이
보석으로 달렸네

그대와 함께
상고대를 바라보며
지난날 서운함을 녹인다
믿음과 신뢰를
더 단단하게 다진다.

눈 내리는 날

오늘처럼
눈이 내리는 날이면
밖으로 나가
하늘을 봅니다

나비처럼
내려오는 눈이
봄날 꽃잎 같아요

꽃잎처럼
눈송이가 춤추듯 내리면
내 마음은
영화 속 주인공이 됩니다
그대를 만납니다.

메타세쿼이아 숲길

키 큰 나무들이
하늘 향해 쭉쭉 뻗어 있는
메타세쿼이아 숲길

펑펑 쏟아진 함박눈이
나뭇가지마다
소복하게 올라앉았다

하늘인지 나무인지
경계가 모호하지만
기다리는 네가 있어
발걸음을 옮긴다

눈 쌓인
메타세쿼이아 숲길은
너에게로 가는 길
설렘 가득한 그 길.

바람 냄새

외출에서 돌아와
벗어 놓은 옷에서
바람 냄새가 난다

상쾌한 느낌
어렸을 적 기억이
담겨 있다

추운 날
새벽같이 일하고
방에 들어온 엄마에게서
처음 맡았던 그 냄새

그 바람 냄새에
열감기가 씻은 듯 사라졌던
그 시간이 지금도
기억 속에 담겨 있다.

그 추운 날
온몸으로 맞았던 바람도
지나고 나니 사랑이었다
엄마의 진한 사랑이었다.

4부
너는 나에게

그대 따라가는 길 | 그 카페 | 행복 커피

석양 | 아마 커피 | 커피잔 | 산책길 | 커피 향기

실타래 | 약속 | 내 삶의 윤활유 | 너는 나에게

우주 | 커피를 마시며 | 창문 | 가로등

거울 | 우산 | 꽃샘추위 | 호수 | 시계

세탁기 | 오로라 | 분재 | 오르골 소리

그대 따라가는 길

등산길에
잡초와 가시 돋친 풀들이 있지만
그대가 헤치고 나가면
그 뒤를 따라갔습니다

곧 바람과 추위를 막아 주는
평탄한 숲길이 나왔습니다
소나무로 둘러싸인 이 길은
앞으로
그대와 함께 가야 할 길입니다

같은 곳을 바라보며
손잡고 걸어갈 수 있는 길
희망찬 미래를 펼쳐 놓은 길.

그 카페

전에 왔던 그 카페
그 자리에서
창밖 풍경을 보며
커피를 마신다

구름 한 점 없는
파란 하늘
끝없이 이어진 수평선
파도치는 푸른 바다와 갈매기

그림 같은 풍경들이
내 안에 저장된다
'선물 같은 추억!'
이름을 붙인다.

행복 커피

집에서 마시는
커피는
핸드 드립 커피

캠핑할 때 마시는
커피는
믹스커피

카페에서 마시는
커피는
무조건 카페라떼

어디서 마시든지
커피는 내게
소소한 행복 에너지

그대 생각 담고 마시면
무조건 늘 같은 맛!

석양

새빨갛게
타오르는 마음
주체할 수 없어서
바닷속에
몸을 숨기고 말았다

바닷속에 들어가
말갛게 씻긴
너는 어떤 모습일까

내일 아침
그 모습 만나겠지?
내일 아침
너도 만났으면 좋겠다.

아마 커피

추운 겨울
눈 덮인 소나무와
휘몰아치는 파도를 보며
그대와 마시는
행복 커피

이러다
오늘도 식은 커피
마시지, 아마!

커피잔

커피잔에
하늘이 담겨 있고
내 눈에는
그대 모습이 담겨 있다

담긴 커피는
향기로 마시고
담긴 그대 모습은
보고 싶은 마음으로 느낀다.

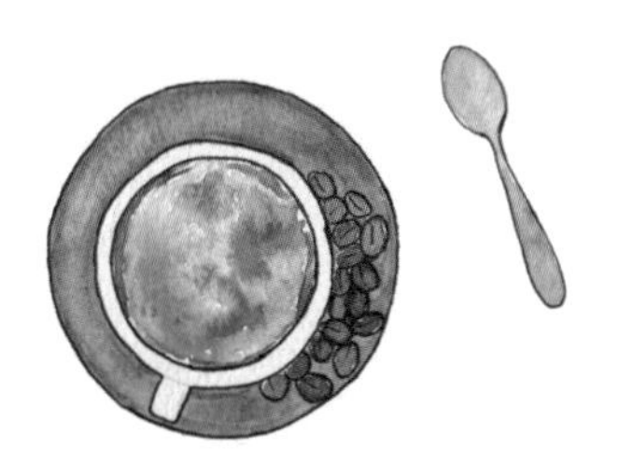

산책길

밤 산책길
하늘을 올려다보니
큰별 작은별이
무리 지어 반짝이네요

어디선가 들려오는
나를 부르는 소리

주위엔
아무도 없는데
혹시 내 안의 그대가
날 찾고 있나요?

커피 향기

커피 알갱이를
그라인더에 갈아
커피를 내립니다

향기로운 커피 향기가
그대 생각도
불러옵니다

참
많이
보고 싶습니다.

실타래

쿠션에 올이 풀려
실을 꺼냈는데
실타래가 엉켜 버렸다
어쩌면 좋지?

잡아당기면 더 엉킬 텐데
이럴 때 필요한 건
인내와 시간!
차분히 풀어야겠다

지금까지 살면서
엉킨 실타래처럼
문제가 생길 때마다
잘 풀어 온 우리처럼.

약속

행복은
마음먹기에 달렸다잖아

남과 비교하지 말자
나는 나야
나는 특별해

지금까지
내가 생각한 대로
모든 걸 결정해 온 것처럼

지금부터
더 행복하기로 마음먹기
더 사랑하기로 마음먹기.

내 삶의 윤활유

만들기 수업 시간
종이를 자르는데
가위가 뻑뻑해서 손이 아프다

윤활유 몇 방울에
부드러워진 가위

그러고 보니
살면서도
윤활유 같은 사람이 필요하다

어려운 일이 생기거나
사람 관계에 마찰이 있을 때
매끄럽게 조율해 주는 사람

나에게도 그런 사람이 있다
어려울 때마다
부드러운 생각으로
해법을 내미는 당신!

그대는
내 삶의 윤활유.

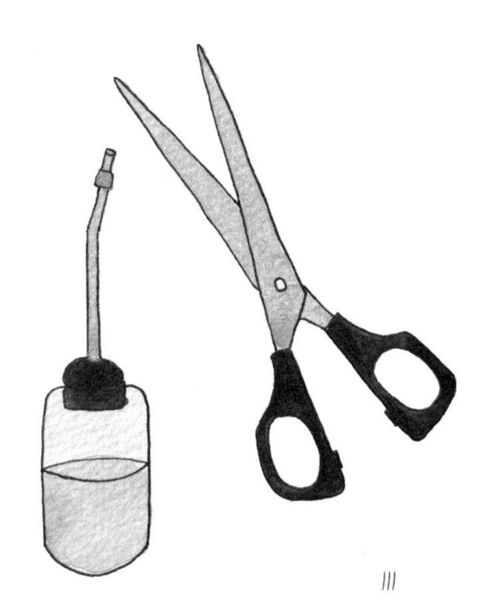

너는 나에게

하늘에 별이
살아 움직이듯 반짝이고

풀잎에 이슬이
햇빛을 받아 빛나듯

너는 나에게
보석 같은 존재야

지금도
내 마음속에서
영롱하게 빛나고 있는.

우주

너를 생각하는 이 순간
내 마음은

반짝이는 별을 품고 있는
하늘이 된다

너를 담고 있는
그리움이 된다.

커피를 마시며

안개 자욱한
한낮 오후

그대 생각 불러내
커피를 마신다

진한 향기에
그대 생각이 따라 나온다.

창문

창문 너머
저 멀리 수평선과
작은 섬이 있고
에메랄드빛 바다 위
갯바위에는
쉼 없이 하얀 파도가 인다

빨간 창문과 어우러져
예쁜 풍경화가 된다

햇살 같은 그대가
창문 너머로
손을 흔들며 웃는다

이제 커피 한잔 마시면서
내 안의 그대 만나야겠다

바다째 가슴에 담았다가
오늘 밤 꿈속에서
다시 만나야겠다.

가로등

눈보라 치는 밤
어두운 골목을 비추는 가로등이
내 마음도
환하게 비추었으면 좋겠다

그리운 네가
그 빛을 보고
너를 기다리며
아파하는 나를
쉽게 찾아올 수 있게.

거울

산그림자와
알록달록 예쁜 집들과
초록 초록한 나무들이
모두 비친다

호수가 만든 거울에는
내 안의 그대 모습도
여울져 보인다

들킨 마음
부끄러워
가슴을 저미게 한다.

우산

비가 내린다
어릴 적
갑자기 내리는 비를 피해
뛰어간 적 있다

그때 친구가 건네준 토란잎
우산처럼 쓰고
신나게 집으로 오던 길

옷이 젖고
가방까지 젖었지만
마주 보고 웃는
마음은 뽀송뽀송

그때 웃음소리
너를 생각하면
지금도 들린다

여전히 비는 내리는데
잘 지내고 있니?

꽃샘추위

날씨가 아무리 변덕 부려도
나는 꽃을 피울 희망으로
당신을 기다립니다

그러니 당신은
주춤거리지 말고
오던 길로 오시면 됩니다

나를 만날 때까지
계속 오시면 됩니다.

호수

호수는
구름을 담고
내 마음은
그리움을 담았다

알고 보니
내 마음이
호수보다
10배도 더 넓다.

시계

약속 시간 잡아놓고
먼저 와서 기다리게 했던 사람

시간은 흐르고
나는 시계와 눈맞춤 하고

그때 문이 열리며
들어오는 반가운 얼굴

한 공간에서
시침과 분침으로
돌고 돌아 만나는 시계처럼

지금 내 곁에서
나의 일상을 돌리고 있는 당신.

세탁기

내 마음도
깨끗하게
세탁해 줄래?

참
그대 생각은
남겨 둬야 해.

오로라

형형색색 빛으로
밤하늘에서
춤을 추는 오로라

아름다운 빛의 향연은
영화 속 장면처럼
넋을 놓고 보게 만든다

삶의 가치까지 부여하며
애인처럼
내 안에 들어오는
너는 색의 마술사.

분재

바위 틈새로
뿌리를 내린 소나무처럼

내 마음 빈틈에
뿌리를 내리고 자라난
그대

뽑을 수 없으니
잘 가꾸어야지
내 사랑인데.

오르골 소리

해마다 이맘때면
생각이 난다

'소녀의 기도' 음악에
움직이는
오르골 인형

핑크색 잠옷 입고
인형을 따라
춤추던 네 모습이…

지금도 오르골 소리가 들리면
예쁘게 춤추던 네가
앞에 있는 것 같다

잘 자라줘서 고마워
내 그리움 따라
미소가 인다.

제5부
미래를 꿈꾸는 시간

엄마 | 엄마의 정원 | 아버지 | 그리운 풍경

행복한 삶 | 추억 커피 | 꽃물 | 그리운 너

그대 커피 | 씨앗 | 여행 | 샘물 | 에키네시아

걸림돌과 디딤돌 | 스승의 날 | 날씨 | 네 잎 클로버

메모 | 가방이 신났다 | 신호등 | 씨실과 날실

색연필 | 12월의 장미 | 미래를 꿈꾸는 시간

엄마

집에 돌아와
엄마!
하고 부르면

내 얼굴 보고
내 기분을
알았던 엄마

지금은 내가
엄마 되어
딸의 표정 보고
감정을 읽는다

부르기만 해도
마음이 따뜻해지는 단어
엄마!

엄마의 정원

엄마의 정원에는
달리아, 초롱꽃
접시꽃과 백일홍…
스무 가지 꽃이 자란다

제철이 되면
싱그러운 꽃으로
자태를 뽐낸다

엄마의 정원에는
나비와 벌이 날아들고
새가 온다

일곱 남매 잘 키우셨듯
사랑을 듬뿍 담아
나무와 화초도 잘 키우는
우리 엄마
최고 엄마.

아버지

팔순이 넘은 연세에
몇천 평 농사일도
척척 해내시는
아버지

일을 줄여야 한다는
자식들 말에
농작물 가꾸는 게
가장 즐겁다고 하신다

한여름
까맣게 그을리셨지만
환하게 웃는 얼굴
그 너머 깊은 가슴에
자식들 생각이
농작물처럼 자란다.

그리운 풍경

어릴 적 살던 집
앞마당에는
창포가 자라는 연못이 있고

그 옆으로
물건을 실어 나르는
기차가 다녔다

오동나무가 있는
낮은 언덕은
놀이터가 되어 주었는데

지금은 기찻길만
기억 속에서
그리운 풍경을
실어 나르고 있다

내 안에서
기차 소리가 들린다.

행복한 삶

어렸을 때는
산 밑에서 파 온 찰흙으로
집과 자동차를 만들었어

어른이 되어서는
지점토로 꽃과 과일을 빚어
예쁘게 색칠하고
생활 소품을 만들었지

중년이 된 지금은
작은 일상으로
여러 가지 모양을 빚어
그대와 행복한 삶을
만들어 가고 있지

그 행복 속에
내가 있지
그대가 있어 가능한
우리 미래까지 있지.

추억 커피

사진첩을 보다가
꺼내든 사진 속에
웃고 있는 그대와 나

그때의 기억을
떠올리며 마시는
추억 커피

아~
이 깊은 향기!

꽃물

봉선화로
손톱에 물을 들입니다

빨갛게 물든 손톱에
그리움이 담기네요

그리움처럼
내 마음에
엄마 마음이
꽃물로 드네요.

그리운 너

나에게 손짓하는 것 같아
다가가 보니
하늘거리는 들꽃이더라

나를 부르는 소리 들려
돌아다보니
스쳐 지나가는 바람이더라

네 모습 보고 싶어
올려다보니
하늘 가득 별이 있더라

너를 생각하면
모두가 너이더라
너여서 좋더라.

그대 커피

같은 모양의 원두도
로스팅 정도에 따라
다른 맛이 난다

같은 조건의 커피도
내리는 사람에 따라
맛이 달라질 수 있다

하지만 늘 한결같이 향기롭고
기분까지 좋아지는 커피가 있다
그대와 같이 마시는 커피.

씨앗

작은 씨앗 속에는
꽃이 살고 나무가 산다

작은 씨앗 속에는
생명이 살고 우주가 산다

가슴에 담아온
작은 씨앗을 심었다

씨앗에 싹이 트고
잎이 자라고
나무가 된다

그대 웃는 얼굴이
가득 달린 나무가.

여행

그대 마음속으로
여행하려 했는데

그대가 먼저 내 마음에
들어왔네요

그러니 내 마음에
커다란 꽃밭을 만들고

오랫동안 머물 수 있게
쉼터 하나 만들어야겠어요.

샘물

숲속 돌 틈에서
샘물이 솟아오르듯

그대 생각도
내 안에서
샘물처럼 솟아오른다

솟아오른 생각이
모여서
호수를 만들고

큰 강 같은
그리움을 만든다.

에키네시아

8월 뜨거운 태양 아래
우아하고 화려한 자태가
돋보이는 꽃

봉긋이 위로 향한
꽃술은
하늘의 소망을 바라고

다소곳이
아래로 향한 꽃잎은
사랑하는 그대의
영원한 행복을 빌고.

* 에키네시아 꽃말 : 영원한 행복

걸림돌과 디딤돌

길을 가다가
돌부리에 걸려
넘어질 뻔했다

살면서 걸림돌을
안 만날 수 없겠지만

난 너에게
디딤돌이 되고 싶다

잘 되길 바라는 마음으로
항상 응원한다.

스승의 날

"예쁨도 자기에게서 우러나고
미움도 자기에게서 우러난다."

조회 시간마다
말씀하시던 선생님

지금도 그 말씀
잊지 않고 살아왔다

세월이 더 흘러도
가슴에 새기며 살아갈 말

존경하는 마음이
카네이션으로 피었다
오늘은 스승의 날!

날씨

바람은 하늘에
구름으로
그림을 그리고

그대는 내 마음에
표정으로
그림을 그린다

내 기분은
늘 그랬던 것처럼
오늘도 맑음이다.

* 감성시 공모전 은상 수상작

네 잎 클로버

그대가 찾아 준
네 잎 클로버를
곱게 말려
엽서에 붙이고 적었다

“많은 사람 중에
당신을 만난 것이
나에게는 행운입니다.”

엽서 속
네 잎 클로버는
사람들에게 행운으로 선물 되고

네 잎 클로버를
내밀던 당신은

나에게 행복으로
선물 되고.

메모

예전에는
노트에 메모했는데

지금은 스마트폰에
메모하고 있다

점차 변해 가지만
예나 지금이나
변하지 않는 건

그리움에 적어가는
보고 싶은 마음이다.

가방이 신났다

제주도에 가서
가방을 샀다
나에게 잘 어울리는 가방

오늘부터 외출할 때
나와 함께할 가방

가방이 신났다
애인도 아니면서
애인처럼 신났다.

신호등

빨간 신호등에
멈춰 있던 차들이
초록으로 바뀌자
일제히 달리기 시작합니다

횡단보도 앞에
멈춰 있던 사람들
초록 신호등이 켜지자
건너기 시작합니다

내 마음에는
늘 초록 신호등이
켜져 있습니다

내 마음에
기다림도 없이
그대가 들어와 있는 걸 보면.

씨실과 날실

씨실과 날실이 만나
옷감이 만들어지듯

내 안에
그대 생각으로 수를 놓으니
그리움이 되었다

행복한 일상을 열었다
그리움이 펼쳐졌다
레드카펫이 펼쳐진 것처럼.

색연필

끝없는 꿈과
상상의 나래를 펼치게 했던
알록달록한 색연필로

하얀 도화지 같은
너의 마음에
아름다운 무지개를 그린다

그래도
알아볼 거지?

12월의 장미

세상 이치를
거스르는 것 같지만
오랫동안 그대 곁에
머물고 싶어
차마 떠날 수 없었어요

찬바람이 불고
꽃송이 위에
눈이 쌓여 가도
난 이곳에서
밤새 그대를 기다릴게요.

미래를 꿈꾸는 시간

말하는 사람이
자신의 지식과 경험을
전해 주는 시간

듣는 사람들에게
꿈과 희망을 담아 주는
귀중한 시간

공감과 격려로
서로 하나 되어
미래를 꿈꿉니다
나를 키웁니다.

* 한국강사교육진흥원 미꿈시(미래를 꿈꾸는 시간)에
참여한 후 쓴 시

그대 혹시
꽃으로 피었나요